KB147759

씨앗들의 합창

황금알 시인선 292

씨앗들의 합창

초판발행일 | 2024년 6월 27일

지은이 | 김연종 외 한국의사시인회
펴낸곳 | 도서출판 황금알
펴낸이 | 金永馥
주간 | 김영탁
편집실장 | 조경숙
표지디자인 | 칼라박스
주소 | 03088 서울시 종로구 이화장2길 29-3, 104호(동숭동)
전화 | 02)2275-9171
팩스 | 02)2275-9172
이메일 | tibet21@hanmail.net
홈페이지 | http://goldegg21.com
출판등록 | 2003년 03월 26일(제300-2003-230호)

값은 뒤표지에 있습니다.
ISBN 979-11-6815-081-2-03810

씨앗들의 합창

한국의사시인회 시집 제12집

황금알

| 서문 |

2024년 봄, 개화 시기가 조금 늦어졌다.

날씨도 우울하고 꽃들도 우울하고 뉴스도 우울하다. 의료 대란이라 하기도 하고 의정 갈등이라 칭하기도 하는, 집단 우울증의 터널은 끝이 보이지 않는다. 단단히 마음을 추수려보지만 쉽게 빠져나오기 힘들 것 같다. 꽃들이 길을 만들지 않고 새들이 둥지를 떠나면 진한 녹음도 푸른 죄수복처럼 무거워진다. 승자도 패자도 없는 전쟁에서 우리는 조금씩 시들어간다.

2024년 여름, 사화집 발간이 조금 늦어졌다.

야생의 꽃들이 들판 여기저기에 피어 있다. 만나면 반갑고 못 만나도 가슴 설렌다. 하수상한 시절, 가장 잘한 건 언어의 집 한 채 지은 것이다. 詩는 보이지 않던 긴 터널의 시간이었다. 묵언의 시절에 뿌려 놓은 씨앗들의 합창이다.

지난해 이어 올해도 사화집 발간에 도움 준 황금알 출판사에 감사드린다. 늘 격려와 용기를 주신 마종기 시인과 이원로 시인, 무거운 마음을 기꺼이 열어주신 회원들께 감사 인사 올린다.

2024년 6월

한국의사시인회 회장 김연종

차 례

김기준

박권수

손경선

최예환

윤태원

김호준

김연종

김완

송명숙

주영만

서화

유담

김경수

박언휘

서홍관

초대시

마종기

동생의 기일

겨울의 응답

이원로

울타리 밖

길 위에서

동생의 기일 외 1편

마 종 기

사순절 중에도 봄은 기지개하며 눈뜨고
꽃들의 기도 소리에 유독 관심이 가던 시절,
이제 생각해 보니 우리는 가야 할 길을
황홀하게 취해서 간 것뿐이야, 그렇지?
그 길이 이렇게 오래 만나지 못할 길인 걸
우리가 정말 몰랐을 뿐이야. 그렇지?
그래 그것뿐이다. 우리는 사랑이란 게
보이지도 만져지지도 않는다는 걸 몰랐다.

저기 표정 죽이고 떠나는 나비 한 마리
그 그림자가 되어버린 동생의 기일,
애벌레의 어두운 시절을 기억할 리 없지만
이마에 바른 재도 다 지워지고
긴 꿈 깨어났다고 우리까지 흔드는구나.
후회도 없이 세상도 지워버리는구나.
그해에 나비가 웃기만 하던 이유는
산 것과 죽은 것의 차이를 몰라서였을까.
그 사이의 낙심과 무서움을 몰라서였을까.

너무 늦은 것은 아니겠지?
내처 달려온 길이 얼마나 긴지 보이지 않네.
헤어져 살아온 날들은 늘 밤으로 이어지고
젊었던 날 잠 못 들고 불을 켜던 별들이
이제는 낮 동안에는 내 가슴에서 살고
밤이 되면 하늘에서 네가 되는구나.
저 끝없는 봄, 동생의 나비들.

겨울의 응답

1.
처음에는 흐린 하늘이 천천히 내려와
나를 감싸는 줄 알았지, 그런데
누구의 입김인지 잔바람을 타더니
아, 함박눈이, 함박눈이 내렸어.
확실히 그게 첫눈이었지.
사각사각 눈 내리는 소리 흐려지면서
오랜만이다, 오랜만이다 하는 말이
사방에서 내게 들려왔어. 한데
왜 그 인사가 확 눈물 나게 했을까.

매해 빌려서 사는 오피스텔을 나와
걷는 사람 드문 광화문 근처의 저녁,
갑자기 눈이 내리기 시작한 거야.
어두워지는 사직공원은 놀라지도 않고
고개 들고 반갑게 눈을 받아먹으면서
거봐라, 거 봐라, 하면서 나를 놀리데.
아무도 보지 않은 광대놀이 한 평생이
지난날은 잊어, 어쩔 수 없었잖아, 한다.

얼마나 잊고 살아야 하는 것인지,
참는 법을 몰라 여직 헤맨 것이었는지,
그래서 당신의 응답은 눈이 된 것인지.

2.
그래, 이제는 눈치 안 보고 말하지만
사는 게 늘 춥고 흐리고 무서웠지.
젊었을 때부터 신이 나서 장난하듯
하루라도 다 잊고 버틸 수가 없었어.
내가 살던 나라는 내 나라가 아니었고
내가 맡은 역은 칼과 피와 살과 약,
사람을 살리려 애쓰다 죽이기도 하는
수고했다 말 듣기보다는 공포에 질려
밤에도 마음 놓고 편히 잘 수가 없었어.
정말이다, 두 손 놓고 살 수가 없었다.
내 실수 하나로 사람을 다치게 할까 봐.

내리고 또 내리는 사직공원의 함박눈
하늘을 다 채우고도 앞을 가리는 눈,

여유롭게 술 한잔 하며 가볍게 살라고
세상은 어차피 이별의 연속이라고
눈송이는 내가 산 날들을 계속 지워버린다.
왔던 길도 눈앞에서 사라지고 만다면
내 길은 지금 어느 마을을 헤매고 있을까.
있지만 보이지 않는 우리들의 고향이나
인간은 도대체 모두 실향민이라는 철학자,
겨울은 함박눈으로 조근 조근 응답했다.

울타리 밖 외 1편

이 원 로

울타리 밖으로 한 발짝
더 나아가 보려나
한 손에 청진기
다른 손에 망원경

박동과 숨소리 따라
원천을 더듬으며
기원을 엿보려는
꿈과 동경의 눈빛이지

갈릴레오의 망원경은
16세기 밤하늘을 열었지
적외선 망원경은 지금
빅뱅의 문턱을 서성대지

신비는 벗길수록
더욱 놀라워지고
기적은 넘을수록
더욱 경이로우리

길 위에서

너머에서 왔기에
거기를 바라보리
안 보이고 안 들리지만
마음에 닿아 끌기에
늘 거기로 기울이지

숨어 있는 네트워크
오묘한 무선통신으로
서로 연결되어 있으리
놀라운 메시지가 수없이
위아래를 오르내리지

경이와 경외에 잡혀
보내오는 신호를 따라
무수히 가려진 신비의
장막을 하나씩 들치며
한없이 위로 기어오르지

우리는 모두

저 너머를 향한
채울 수 없는
갈망의 길 위에서
그리움을 품고 살아가리

한국의사시인회 시인들

박세영
한현수
홍지헌
정의홍
김세영
김기준
박권수
손경선
최예환
윤태원
김호준
김연종
김 완
송명숙
주영만
서 화
유 담
김경수
박언휘
서홍관

박세영

2019년『시와문화』등단

시집『바람이 흐른다』『날개 달린 청진기』

현재 박내과의원 원장

기후 변화로 인하여 자연의 질서가 무너져 비정상의 세상이 되어버린 지금, 자연의 진리를 깨우치고 과학의 발전과 더불어 공존하는 사회가 되기를 기원한다.
새 생명을 바라보듯 파릇하게 다가온 희망을 사유라는 틀로 시를 쓴다.
속도 경쟁의 시대에 느리게 걸어 보는 여유와 함께

무등산의 희망봉

1.

흙을 밟는다 바람이 흐른다
어서 오라 손짓하는 무등산
중머리재를 타고 넘는
무등의 햇살과 바람을 보라

얼굴 붉히며 꽃단장했던 너
빛고을의 한을 무등에 품고
토끼등 산비알을 휘감는다
인고의 세월을 얼리기도 했던

다가선다 그댈 향하여
휘몰아치던 눈보라를 뚫고
지친 마음을 달랬던 기억
바스락거리며 바람을 탄다

2.

천왕봉을 바라본다, 천지인
울퉁불퉁한 너덜겅을 지나
따스한 장불재에 피어난 야생화
억새는 이울고 희망의 춤을 춘다

가없는 바다 미지의 하늘로
지평선 너머 솟구치는 주상절리
미끄러질 듯 펄럭이는 서석대
울긋불긋 인정人情의 띠를 두르고

호랑나비가 가파른 숨을 날린다
땀방울 없이 그대 앞에 설 수 없다
무등산의 희망봉, 천지인이여
한반도의 기상을 세워라

씨앗들의 합창

말라 뒤틀렸다 붉디붉게
물들어 펼쳐진 진홍빛 저고리
매웁디 매운 마음을 품고서
노란 꿈을 저미고 저며 야위어도
생이 비틀어질 때까지
독을 품고 있었던 너
어느 누구도 쉬이 건드릴 수 없는
농염한 자태
꿋꿋이 변색하며 검붉어질 때까지
등을 기대었던 황금 토양에서

발가벗겨진 채 내밀었다
점막을 찌른다
반질반질하게 잘생긴 것들
볼품없이 척추가 휜 것들
하나의 집념만으로 모였다
이제는 비틀리고 꼬여도
알알이 떨어뜨리며 내려놓는
씨앗들의 합창, 좌르르

참고 참다 이제는
노랗게 흘려보내도 좋은 씨앗들
고추의 눈물인가
나의 눈물인가

순리는 어디로 가고

전 지구적인 고온 현상과 북태평양 고수온으로
대기에 수증기가 다량 유입되어 한없이 팽창한다

봄에는 논바닥이 갈라지고
저수지가 제 속을 보이더니
이젠 비가 너무 와서 탈이다
잠수교는 잠수 모드에 들어가고
문지방까지 넘실댄다
소와 돼지는 허우적거리며 목놓아 울고
구조대는 베니스의 상인처럼
곤돌라 타듯 지나간다
물먹은 자가용을 두고 나와 부르짖는 소리
폭우에 앞차만 따라가다
영문 모르고 눈앞이 캄캄해져 가는
지하 차로에 갇힌 별들
양치기 소년이 되어버린 아비의 눈물
둔탁해진 동작으로 출동에 때를 놓치고
2023년 7월은
천재지변과 인재가 뒤섞였다

누가 먼저랄 것 없이
냉탕과 온탕을 오가며

맑은 하늘에 번개 치며 소나기 퍼붓는다
기후 변화
누가 순리를 뒤바꾸고 있을까

한현수

시집 『내 마음의 숲』을 발표하며 작품 활동 시작(2008)
2012년 『발견』 등단
시집 『오래된 말』 『기다리는 게 버릇이 되었다』 『눈물만큼의 이름』
『사과꽃이 온다』
분당 야베스가정의학과 원장

시여 달처럼,
하나의 빛으로
채워가며 터질 것 같다가
비워내며 깨질 것 같다가
구름에 가려지거나
숲에 삼켜지거나
그럼에도 존재를 알게 되는 달처럼
길을 지켜내는 詩여!

꼬막잡이

눈발이 달려드는 갯벌, 희미해지는 수평선에 기대어 온몸으로 뻘배를 밀고 가던 늙은 아낙의 차가워진 두 손에 봄꽃이 들어왔다

밤마실

당신의 집 뒤란에서 당신이 차려준 늦은 저녁을 먹고 있어요

주고받는 말과 말 사이,
오디가 까맣게 익어가고

야트막한 지붕 위에 은하수가 누에처럼 번지고 있어요

몰래 별빛을 갉아먹은 듯이
우리도 웃고 있어요

너무 남쪽으로 내려왔나 봐요
남쪽 끝이어서 볼 수 없다는 북두칠성은 잃어버린 이름으로 들리고요

그동안 당신이 홀로 마주했을 저녁은 길고 먹먹했을 거라고 말은 못 하고

고치처럼 잠자는 듯한 눈물을

깨우지 않게
하얀 실 같은 이야기를 뽑아내고요

주고받는 실웃음과 실웃음 사이,
서로의 눈빛을 훔쳐보는데

문득 당신의 아내가 놓고 간 뒤란의 꽃무리는 흔들리는 어깨로 보이고요

따뜻한 어둠에 묻혀 있는 오디나무 너머로 별똥별이 떨어지네요

사월

— 붉은 꽃잎의 십자가

꽃이 오는 힘을 막는 방법은 없다
어떤 수치의 바람이든지
칼이든지
외면하는 함성으로도

홍지헌

2011년 『문학청춘』 등단

시집 『나는 없네』 『자작나무는 하염없이 하얗게』

현재 서울 강서구 연세이비인후과 원장

나도 병들고 사회도 병들었다고 생각되는데,

내가 할 수 있는 것이 별로 없다는 점이 가장 아프다.

가족여행

가족여행은
아내의 손을 꼭 잡고
아들들 뒷모습을 보며 걷는 것

점점 멀어지는 아들들을 바라보는 것

무릎이 아파 잠시 쉬다가도
돌아올 수 있다는 확신을 하고
멀리까지 가보는 것

그러다가 문득, 여기가
어디인가 이제는 돌아갈 시간인가
서 있는 자리를 확인하는 것

잠시
아내의 손을 놓친 낯선 터미널에서
망연히 가족들을 찾는 것

다시 멀어지는 아들들 뒷모습을 바라보는 것
가끔 꿈에서 아버지를 뵙는 것

아주 깊은 곳에

몹쓸 소리를 들었더니
마음이 아프다.
몹쓸 기운이
소리의 경로를 따라 흘러 들어가
깊은 곳에 고인 모양이다.
언제부터인지 내 마음은
가장 낮은 곳에 머무는 모양이다.
늦었지만
귀를 막고 마음의 문도 닫는다.
이번에는
오래 갈 것 같다.
아주 깊은 곳에서
파도 부서지는 소리 들린다.

뜬금없는 생각

어느 시인의 프로필을
'서울에서 태어났으나 현대문학을 통해 등단했다'
라고 잘못 읽었다.
어느 독자가 내 프로필을 읽을 때
'의학을 전공했으나 문학청춘을 통해 등단했다'
라고 잘못 읽는다면
의학 전공과 문학은 뜬금없는 사이라 볼 수도 있겠으나
서울 태생과 문학은 갈등 관계가 아닌데
나는 왜 그렇게 읽었을까.
그러다 슬그머니,
의학과 문학은 무심한 동반자이기도 하고
서로 얼굴을 붉히기도 하는
아무 관계도 없이 밀접한 사이인 것과는 달리
서울 태생이 문학과 굳이 갈등을 일으킨다면
문학은 일종의 심한 사투리가 아닐까 하는
뜬금없는 생각이 드는 것이다.

정의홍

강원도 강릉 출생. 서울의대 졸업 후 안과의사가 됨
2011년 『시와시학』 등단. 한국시인협회회원
시집 『천국 아파트』 『북한산 바위』 『꽃씨를 심으며』 등
2014년 귀향하여 안과 개원의로 일하고 있음.

나는 내 좁은 진료실을 사랑한다. 내 삶의 생생한 현장인 이곳은 기쁨과 보람과 감사를 퍼낼 수 있는 옹달샘이다. 그러나 간혹 몸과 마음이 소진되어, 이 공간 밖으로 날아가고 싶을 때 나는 일상을 비우고 남도의 섬으로 떠난다. 푸른 파도 소리에 마음을 헹구고 길에 흩어진 붉은 동백을 밟으며, 섬길을 지척지척 홀로 걷다 보면, 마음속에 연둣빛 봄이 돋는 것이다.

철둑 길 아래

오래전 끊긴 기적소리
시장통 옛 철둑 길 아래
정선집 어흘리집 대화집
먹고 살겠다고 떠나온 고향들이 다시 모여
메밀전 골목 어스름 저녁이 되었다
노인 서넛 플라스틱 탁자에 앉아
막걸리와 메밀전 앞에 놓고
생의 끝자락 소소한 행복을 잡고
저녁 햇살 아직 남아 빛나는 시간
천 원짜리 몇 장으로 꾸미는 성찬
이미 일상이 되었는데
어릴 적 남대천 고기 잡던 얘기
먼저 떠난 친구들과 참외서리 무용담
했던 얘기 또 끄집어내며 날이 저문다
기차는 어둠 속으로 떠나가서
돌아오는 길을 잃었는데
고향집 지붕 위로 쏟아져 내리던
주홍빛 저녁 햇살이
시장통 옛 철둑 길 아래에서
끊어진 기적소리 기다리고 섰다

남도 기행 1

춘삼월 어느 날
노인네 티가 어색지 않은 친구들과
남도 어디쯤의 강을 건너오는
봄을 맞으러 길 떠난다
순천 선암사 육백 년 고목 매화
눈꽃 같은 꽃잎을 흩뿌리며 반기는데
세상 번뇌와 울음 다 버린다는
선암사 뒤깐에선 그래서
늘 옅은 매향이 코끝에 감긴다
남도 삼백 리 와온 해변 갈대숲
그대가 품어 받아낸 붉은 일몰은
얼마나 길고 멀었던 세월이더냐
친구들은 가는 곳마다
고운 색시 찾듯 막걸리 불러 재끼고
남도 육자배기라도 한 소절 뽑을 텐가
방풍전 앞에 놓고 막걸릿잔 부딪힐 때
왁자 왁자 웃음 소리 함께 휘저어 마신다
봉래산 백 년 편백들은
구름 속에 잠겨 선경에 들었는데

그 몽환의 안개 숲을 헤매며
우리가 지금 살아 숨 쉬고 있음을 각성한다
금오도 섬사람들 미역을 지고 날랐다는
눈물겨운 생존의 비렁길을 걸으며
옛날 옛적 절벽 위로 넘어갔던 달빛
이제는 어느 아득한 벼랑 끝 바위에서
세찬 해풍에 몸 누이는 들꽃으로 피었는가
남도 황톳길 곳곳에서
기지개를 켜며 일어서는 봄날들
아무렇게 쌓아 올린 정겨운 돌담에다
방풍도토리묵 간판을 내붙인 비렁길 주막이
아따 언능 안 들어오고 새팍에서 뭐더요
(아 빨리 안 들어오고 문밖에서 뭐해요)
봄볕에 취한 길손들을 유혹하는데
우리는 대나무숲을 지나 동백꽃을 밟으며
저 섬길 파도 소리 속으로 끝없이 걸어간다

남도 기행 2

추자도 봄소식에 길을 떠난다
바닷속 떠 있는 외진 섬으로
봄도 우리처럼 배를 타고 왔을까
비금도 명사십리 파도에 밀려왔을까
세월의 틈으로 들어온 사월은
천길 해안 벼랑 끝부터
길섶에 널린 무명초에까지
구석구석 물주듯 햇살을 뿌리는데
유채밭 뒤 갈대숲 위론 바다가 출렁이고
용이 살았다는 용둠벙
거친 파도만 남아 빈 동굴을 지키는 사이
동백은 져서 붉게 흙을 적시고
달뜬 마음속 어딘가 봄싹이 돋게 생겼다
투구봉에 오르니
바다를 에워싼 천 개의 섬이
눈감아도 첩첩이 눈앞에 뜨는데
전라도 신안 압해 바다 비금도에는
섬초* 작은 이파리 사이로
천일염전 곳곳의 소금 알갱이 속으로

세발낙지 들락거리는 갯벌 구멍 아래로
진홍빛 봄 스멀스멀 스며들고
우리는 남도 황톳길 위에서
한걸음 한걸음
봄길이 되고 싶다

* 해풍을 맞고 자란 비금도 특산 시금치

김세영

2007년 「미네르바」 등단

시전문지 『포에트리 슬램』 편집인

시집 『하늘거미집』 외 4권, 디카시집 『눈과 심장』

산문집 『줌, 인 앤 아웃』

제9회 미네르바 문학상, 제14회 한국문협 작가상

기억은 삶의 역사이자 유적이다. 시간은 기억을 퇴색시킬 수는 있지만 완전히 소멸시킬 수는 없다. 건기의 와디에 가면 마른 강바닥에서 푸른 강물의 고랑 흔적과 마른 이끼의 잔해 등을 찾아볼 수 있다. 강에서 생존했던 육신의 현상은 사라져도, 그 기억은 기파氣波로서 손상되지 않고 시공간 속에 보존된다. 언제든지 생생하게 재생되어서, 환생이나 영생이 가능케 해줄 것이라는 믿음을 갖게 된다. 다시 강물이 넘쳐 흐를 것이라는 미래의 약속을 하고서, 와디의 목마름을 견딜 수 있다.

와디*의 기억

푸른 기억들이 넘쳐흐르던 강이었지
은하수의 별들이 강물로 녹아들었지

이제는 낯설게도 보이는
모래산 골짜기 사이로
마른 핏줄 덩굴이 기어가고 있다

모천의 체취를 못 잊어서
강을 거슬러 왔다가 죽은
해마海馬들의 체액과
마른 이끼가 바닥을 덮고 있다

이끼의 흔적을 맡으며
와디를 걸어간다
모래톱 위의 깨어진 기억들
사금파리처럼 가슴을 찌른다

은하로 흘러가 버린
그녀가 주고 모래 시간들

일 초당 기억 한 알씩
목줄로 흘러내린다

횡격막 위에서 쌓이고 쌓여
허파꽈리 탑이 된다
수억의 기억들이 들어와 사는
흰개미 탑이다

그녀 가슴팍의 마른 실핏줄이
와디의 모래탑을 기어오르며
개미핥기처럼 기억을 더듬는다

보름달 뜨면 폐포 속으로
만조로 가득 차오르는
그녀의 환생 기파氣波
들숨과 날숨으로 가슴 부푼다

귀에 익은 강물 소리 속으로
폐엽에 박힌 파편들을 침례浸禮하며

환생하는 해마처럼
기억 속의 태아처럼 유영해 본다.

*Wadi: 평소에는 물이 흐르지 않지만, 큰비가 내리면 홍수가 되어 물이 흐르는 간헐천이다.

자연스러운 일

개망초 꽃잎이 발에 밟혀도
매미가 솔방울처럼 발길에 차여도
산책길에서는 자연스러운 일이다

붕어빵 한 봉지의 뼛가루로
산의 풀숲에 뿌려지는 것도
자연스러운 마무리이다

깨어있는 많은 날
노심초사하며 심지를 다 태워 버리고
안식의 집에 들어가는 것도
자연스러운 한 생이다

세상에 갇혀 살았으니
벌거숭이 천문의 시납시스를
당산나무 가지처럼
이제, 언덕에 세우면 된다

보이저호가 헬리오포즈*를 벗어나듯

우주여행을 떠나는 것은
자연스러운 버킷리스트이다

상여 노래를 애달피 부르지 마라
흑인 영가라도 흥겹게 부를 일이다
흰나비처럼 승무를 출 일이다.

굽은 손가락 사이로
마지막 남은 기파가 빠져나갈 때까지

손바닥 속, 이승의 기억을
벽조목 염주처럼 여물어지도록
매만지고 다듬는 것이
나의 마지막, 자연스러운 일이다.

* heliopause: 태양풍이 성간 공간을 통해 쏟아져 들어오는 강력한 우주선과 충돌하는 이 거품 영역의 가장자리에 있는 뜨겁고 두꺼운 플라스마 장벽.

바람의 결

바람의 손끝이
벼랑을 스칠 때마다
현을 튕기는 소리 들린다

손끝으로 더듬어보면
엘피판의 홈 같은
수많은 문양의 결이 촉지된다

지상을 떠난 혼을 부르며
수천수만 번 뜯는 바람의 탄주
손끝에 핏자국을 남기듯
바위에 홈을 판 것인가?

목숨들의 숨소리가 고이면
골짜기와 반석, 어디든
기파의 홈이 파이겠지

시간의 협곡 속 깊숙이
해초의 암반 화석에서,

단층 속 암모나이트 껍질에서

가슴 후비듯 절절하면
달팽이관 속에서 되살아나는
아득한 원생原生의 소리 들을 수 있겠지

창세의 하늘부터
언제나 그 자리에
별들의 자리 새김에서
저들끼리의 당김의 결을
저들의 신화를

지상의 모든 소리가 소멸하고
알파파* 쓰나미파* 흐르는
삼경三更의 한 찰나에서
별자리 사이

바람의 결
별빛으로 송신하는 기파를

정수리 백회百會의 수상돌기로 감지한다.

* 알파파: 뇌의 각성 상태 중에서도 비교적 이완된 상태에서의 뇌파로 눈을 감으면 특히 두드러진다.
* 쓰나미파: 우주의 이온화 가스 물질인 플라즈마를 종을 울리듯 진동하여 만드는 우주파.

김기준

2016년 『월간시』 등단

시집 『착하고 아름다운』 『사람과 사물에 대한 예의』

수중 시집 및 수필집 『그 바닷속 고래상어는 어디로 갔을까』

수필집 『나를 깨워줘』

최근의 나에게는, 요리가 취미이다. 어떻게 하면 오늘도 먼 시간 돌아, 나에게 도착한 아내에게 맛있고 독특하며 아름답고도 고운, 이 세상 하나뿐인 저녁을 선사할 수 있을까 고민한다. 그렇게 나의 마음은 정오부터 온통 저녁으로 물들어 있다. 그 기다림으로 이 애틋함을 버무리는 것이다.

스파게티가 익어가는 봄날

봄바람에 마른 면을 삶고

다진 양파
얇게 썬 마늘
두 쪽 낸 방울토마토 열 알
바지락 스무 마리
토마토 소스를 햇살에 약간 되직하게

소스에 면을 넣고
올리브 오일 적당히
파마산 치즈 넉넉히
삼 분 정도 보듬고 있다가
네 접시에 골고루 예쁘게

오레가노를 살짜기
생 바질을 담뿍
그 위에 분홍색 참꽃 한 송이씩

잔잔한 기쁨

나른한 향기
아지랑이로 피어난 사월 첫날의 브런치

모란을 기다리며

나는 집도 절도 없소
지지리도 못난 부랑자 행려병자

서울을 떠돌다 코로나에 덜컥
골판지 자리 깔고 숨은 듯 누웠더니
여기저기 날아오는 주먹질 발길질들

찢어지고 터지고 멍들고 피 나고
쫄쫄이 굶은 배는 남산처럼 폭발할 듯

어릴 적 동무 닮은 동갑내기 마취 의사
머리부터 발끝까지 중무장 방호복
후드 쓰고 덧신 신고 여기저기 동여매고
속장갑 겉장갑 거기에다 소독장갑
허리에는 무거운 전동식 호흡장치
내 손을 붙들고 내 눈을 바라보며
하염없이 기도하고 끊임없이 속삭였소

다섯 시간 수술이 비로소 끝나고

잠에서 깨어날 무렵 나는 보고 말았소
상한 얼굴 닦아주고 야윈 손 씻겨주고
엉킨 머리 단정하게 빗겨서 묶어주고
아 그 위에 팔랑팔랑 노랑나비 한 마리

고치 닮은 이송 카트
꿈속에 갇힌 듯 무력한 번데기는
기다렸다네 소망했다네
장다리꽃 향기로운 내 고향 그 봄날
훨훨 날아 안기고픈 그리운 부모 형제
다시 햇살 가득하며 싱싱할 푸른 날들

마취 의사

은퇴가 그리 멀지 않은
나는 아직도

아무리 곰곰이 생각해 보아도
환자가 어떻게 잠이 드는지
잘 모른다

그 독한 약물 속에서
무슨 꿈을 꾸는지
어떻게 살아있는지 잘 모른다

수술이 끝난 후 스르르
아무 일 없다는 듯이
어떻게 깨어나는지는 더더욱 잘 모른다

아직도 나는

마취가 무엇인지
솔직히 잘 모르겠는데

그것으로 돈을 사고
밥을 먹고 새끼를 키운다
참으로 거저 받은 신령한 복

그러니
그저 주어야 할 막연한 운명
깜박깜박 별빛에 마냥 흔들리는 나

박권수

2010년 『시현실』 등단

시집 『엉겅퀴마을』(2016), 『적당하다는 말 그만큼의 거리』(2020)

현재 나라정신과 원장

저도 저런 때가 있었나요

화사한 봄날
떨어지는 꽃잎 사이로 스쳐 가는 소리
잡은 손 놓지 못하고
걸음 재촉하여 지나간 자리
아내의 손 주름이
지워졌다 켜지고 켜졌다 지워지고

만월리 박 씨

하루가 다인 듯
입술엔 연신 가쁜 숨
허기가 매달린 막다른 골목으로
낡은 약봉지 하나 문을 연다

익숙한 것이 먼저 떠난 자리에
비스듬히 홀로 누운 지팡이
언제, 어디로 기울지 모르는
한숨의 무게

기둥에 걸린 어깨
깊어가는 노을을 딛고
허물어진 담장만큼의 숨소리로
오래오래 문밖만 바라보고

엄마의 머리빗

촘촘히 새겨두었던 말이
부러진 이 사이로 나온다
굴곡진 삶이 묻어있는 틈과 틈 사이로
바닥 깊은 곳에 뿌리를 둔 그늘
굳은 마디는 부러질 때마다
오랜 파스 냄새가 났다
끊어지지 못한 말은
부러진 채 바닥에 누워
성하지 못한 이로 등을 떠밀고
빗어도 빗어지지 않는 말은
틈에 묶여
간간이 말 없는 시선을 요구하기도 했다
오래 묵은 뒤에야 보이는
나지막한 숨소리
몇 번이고 거칠어진 빗의 주름 잡아보며
헝클어진 머리 다듬고 보듬어 보고

병아리유치원

돗자리 속으로 비를 피해 들어간 아이들
톡톡 소리를 낸다
또래의 손짓 몸짓에 통통해진 눈동자
더 가까이 더 은근히
이런 은밀함 처음이야, 히히
눈빛마다 여우나 강아지 고양이들이 들어가
비 온 하루를 덮고
여기저기 터지는 풍선 사이로
달아나는 구름

맨 앞에 젖은 아이를 다른 아이가 당기고
그 아이를 또 다른 아이가 당기고
아이들 옷깃이 모여 까르르 까르르 웃는다
서로의 색깔을 묻힌 웃음소리가
귓가에 작은 솜털마저 토닥여 주고는
시간이 시간을 업고 내려와
젖은 병아리 털어주고

고개만 끄덕이던 하늘

푸른 나뭇가지에서 툭 떨어진다
환하게 웃는 병아리
순심주간요양원에 노랑꽃이 핀다

손경선

2016년 『시와정신』 등단
2015년 제14회 웅진문학상 수상
시집 『외마디 경전』 『해거름의 세상은 둥글다』 『꽃밭 말씀』 『당신만 몰랐다』
현재 손경선내과의원 원장

사람은 사람마다 다르다
사람은 사람마다 섬이다
사람이 사람인 것은
서로 외롭고 서로 다르기에 사람이다

괭이밥

오죽 만만하면 –밥이라 불릴까

개밥바라기별이 지키는 떠돌이 개밥도 되지 못하고
도둑괭이조차 먹지 않는 괭이밥

키 작은 제비꽃
껑충한 쑥부쟁이 틈에서도
곁을 내달라며 바닥을 기어 옆자리를 차지한다
늘 친구와 키를 맞추어 크지도 작지도 않게
나란히 앉아주는 것이다

뽑고 뽑아내도
곁에 있는
곁을 내어준 이 땅의
전사 중의 전사, 불퇴전의 전사

끝내 작더라도 꽃을 피우고
씨앗을 맺는
만만한 밥들로

오늘도 나는 외롭지 않고 배부르고 등 따뜻하다

주꾸미 샤부샤부를 먹다

갈매기도 해를 향해 일제히 돌아앉는 겨울날
주꾸미 샤부샤부를 먹는다

살아남기 위해
수시로 주위에 맞춰 몸 색을 바꾸는 변색과
위기의 순간마다 뒤집어썼던 먹물로
한 생을 견딘 주꾸미

먹물이 구하는 것은 생명과 밝은 내일이지만
때로는 생명줄이 죽음을 부르기도 하는 세상

먹물이 별미이자 진미, 몸에 좋다는
인간의 머리에 든 먹물 몇 자
끝 모를 탐욕으로
주꾸미는 죽어서도 맑은 물속에 몸을 뉘지 못하고
남는 것은 야만의 절규

국물을 검게 물들이는
눈물 대신 몇 방울 주꾸미의 먹물

가자미눈을 뜨고 번득거리며 세상을 어지럽히는
어둡고 짧디짧은 인간의 먹물

앞이 보이지 않는 먹물 속에서
돌고 돌아 원래의 자리로 돌아오는 것이
삶이라고
몸을 비비 꼬아대며 붉게 익어간다

어떤 문답
— 진료실에서

–나이를 먹었으니 몸에 좋은 영양제나 약을 추천해줘요
–평소 치료하는 병은 없나요

–병은 없는데 힘이 떨어져서
–큰 축복을 받으셨군요
골고루 영양가 있게 드시는 것이 최고예요

–밥은 아직 잘 먹는데 그래도 좋은 약 좀.
–글쎄요, 정 원하시면 종합비타민이 어떨까요

–그건 이미 먹고 있고 심장병이나 치매 예방에 좋은.
–그렇다면 약을 찾지 마시고
복잡한 생각이나 약을 드시려는 마음을 버리세요

–에이 그러지 말고 나한테만큼은 하나쯤 말해도 되는데.
–나이를 드신 만큼 과하게 드시는 것과
이런저런 복잡한 생각은 줄이고
운동을 미소를 여유를 감사를 늘리면 좋아요

–거참 의사 양반 너무하는구먼.

최예환

2017년 신라문학대상 시조부문 대상

2018년『월간문학』등단, 2018년『좋은시조』신인작품상

시집『혀』

올봄에도 어김없이 마당에 꽃들이 찾아왔다. 부모님은 모두 떠나시고 없는데…
듬직한 바위 곁으로 무스카리가 한창이다. 아버지 어깨에 기대어 자라는 듯 올해 더 무성하다. 핸드폰에 저장된 어머니의 '축배의 노래'를 듣는다.

밤바다에서

들소 떼가 뭍으로 몰려오는 거친 소요
무엇이 저렇도록 저들을 불러 모으나
속울음 다 받아주어 속으로 검은 바위

시간이 흘러가면 모두 지워진다지만
숱한 밤 하얗게 새도 지워지지 않는 게 있다

떠날 건 떠나보내리라
이별의 정한 운명

무얼 잊어야기 저토록 몸부림치나

몰려와,
갯바위에 몸 던져 부딪치어
흰머리 떼로 죽는 저,
오열하는 밤바다

무스카리 1

당신의 계절은 이미 성큼 와있습니다

그토록 쫓기듯 여러 해를 옮겨 다녀도 당신의 사전에는 '실의'가 없어서 동토凍土를 견딘 구근에서 여린 비늘줄기 밀어 올릴 때, 그 새벽 가파르고 좁은 골목길 따라 꼴 끌고 오르셨지요 이슬에 젖었을까, 땀에 젖었을까 흥건한 몸으로 거친 숨을 소처럼 몰아쉬면서도, 결코

당신은
신음 한 번을 흘리지 않으셨습니다

묻어둔 건,
한여름 알알이 영근 포도 딸 때

이마에 맺힌 땀방울 닦아주시던 나무 등껍질 같던 손, 모내기가 끝난 논에서 빈자리 모 들이다 접은 허리를 펴는데 나도 몰래 새 나오는

끙, 앓던 신음소리에

홈치시던 눈물… 어머니

어느새 보랏빛 구성진 당신 노래는

오늘 이 방 가득 사향을 뿌리듯 방울 소리 울려, 내 귓가에 〈라 트라비아타〉의 '축배의 노래'가 울려 퍼집니다 작은 잔마다 적포도주 가득 채워서 높이 치켜들고 우리를 위해 축복하시더니…

다시금 잔을 높이 드는 건
당신의 그리움입니다

무스카리 2

올해도 꽃밭에는
무식하리만큼 피었네

보라색 그 목소리
봄의 교향악을 보라

댕댕댕 종 울렸으니
봄의 완승이로다

윤태원

1966년 목포 출생

가톨릭의과대학 졸업

목포 태원정신건강의학과의원 원장

2016년 『열린시학』 신인문학상

정신의학, 문학, 가정이 삼위일체가 된 행복한 나날을 보내고 있습니다. 현실과 비현실의 경계를 아슬아슬하게 넘나드는 문학을 추구하고 있습니다. 전위예술가 요셉 보이스와 안무가 매튜 본을 좋아합니다. 한국의사시인회에 초대해주신 여러분에게 감사드립니다.

쓰읍

벼 이삭이 물을 빨아들이는 소리
줄기 사이로 뻗은 햇살에 솔방울이 마르는 소리
태양의 화산 폭발 소리
과수원이 익으며 팽창하는 소리
길 위의 자갈들이 시기하는 소리
옷자락이 바람을 붙잡는 소리
모퉁이 가게 파리채가 우는 소리
파장한 장터 천막이 그늘을 키우는 소리

하루의 방랑 후 돌아온 불 꺼진 창
귀에 담아온 유령들을 선반에 가지런히 올려놓고
영원히 오지 않을 답문을 기다린다
그대와 같이 덮은 솜이불이 속삭이는 소리

내가 사라져도

아이들 어리둥절 연극인지
귀여운 질문 끝 슬퍼하다
학교에 가고 놀이공원 열차 타겠지

아내의 손수건 마르지 않고
얼굴의 눈물 주름 깊어지다
양파 썰고 조기에 칼집 내겠지

알고 있던 많은 사람들
빈자리 공허 질겅대고 내뱉다
한숨 가득 짊어지고 총총히 여름 여행 가겠지

남기고 간 먼지 옹기종기 모여
오래된 주인 기다리다
새로운 먼지에 섞여 어디론가 실려 가겠지

음악을 멈춘 스피커 우퍼의 절망
어두운 거실 둘이 보초 서다
누군가의 손가락에 블루스 켜겠지

수변공원 계란꽃 마른 수술
힘없는 혀 내밀고 바람맞다
스며든 영양분 빨아들여 노랗게 차오르겠지

당신이 사라지면 나는
그림자처럼 긴 항구 애토록 앉아 있다
기둥에 밧줄 감고 매듭짓겠지

나는 나를

나는 내가 뿜어낸 공기다
나는 목적지 없이 금방 나갔고
나만 남아 집을 지킨다
나는 형태가 가변적이어서 구석구석 움직일 수 있다
소파 아래 책장 위 저금통 안 샹들리에 옆까지
내가 발견하지 못 하는 것들을 나는 발견할 수 있다
나는 내가 뿜어낸 공기들의 시체에 놀란다
나도 언젠가는 죽겠구나
나는 내가 잊어버린 순간을 기억한다
성당 미사에 참여하지 않고 광대를 따라간 날
무당이 '너에게 옛날이 어디 있어' 하면서
저주의 웃음을 던지던 날
금지된 얼음과자를 빨아 먹던 날
나는 내가 읽다 만 책들의 끈적거림을 느낀다
나의 것이 되지 못하고 녹고 있는 계시
금고 안에는 내가 지닐 수 없는 시간의 골동품이 가득
하다
나는 어디 있을까
방파제 끝에서 파도를 맞고 있을까

남의 집 유럽식 정원을 기웃거리고 있을까
시장 한구석에 앉아 소란에 귀를 막고 있을까
나는 언젠가 돌아올 나를 위해 베르가못 향기를 준비한다
피로에 젖은 내가 침상에 누워 바르르 떨고 있을 때
나는 나의 자비로운 손으로 건반을 두드리듯
나를 울게 할 것이다

김호준

2014년 『시와사상』 등단

시집 『너의 심장을 열어보고 싶은』

현재 대전 참다남병원 정신건강의학과 전문의로 근무 중

우리가 일상을 잘 유지하고 있다는 말이 무엇을 의미하는지 잘 모르겠다.
오욕을 견뎌낼 수 있는 인내가 필요하고, 밥을 거르지 않고 잘 먹는 것도 중요하겠다.
그렇게 지워지지 않는 나이테들이 저마다 생기는 것 같다.

불안 1

맛을 제대로 느끼지 못하는 그녀가 음식을 삼키는 이유는 단지, 뱉는 것에 대한 수치심 때문이라 말했다. 입을 통해서 채워지는 허기는 바닥으로부터 점점 멀어지는 가벼움으로 마치 하늘을 나는 듯한 기분이었다. 자주 채워지는 만큼 그것은 자주 비워졌다. 어두워진 거리로 내려가 울고 있는 그녀는 꿀꺽, 꿀꺽 삼킬 때마다 무거워지는 기억의 무게를 덜기 위해 걸었다. 걷고 또 걷다가 절벽에 다다랐을 때 아래를 내려다보며 발을 동동 굴렀다 관성처럼. 그 견딜 수 없이 무거운 춤동작을 혹시라도 남에게 들킬까 봐 그녀는 늘 자책했다.

불안 2

경대 앞에서, 얼굴에 핀 뾰루지를 빤히 쳐다보던 그녀가 자기 손톱을 만지작거렸다. 잘 정리된 손톱을 입으로 물어뜯고서 신문지에 쌓아둔다. 상상할 수도 없이 가득 찬 그 그늘이 나무처럼 드리운다. 얼룩덜룩해진 사연들의 산문은 흩어져 시끄럽게 울고 있다. 그녀는 그때마다 허전하다거나 허무하다고 투덜거렸다. 정치와 사회와 문화와 예술을 읊조리며 끊임없이 손톱을 물어뜯는다. 손을 바라보며 펼쳐지는 작은 세계에는 잎맥처럼 미세하게, 세월진 주름들이 나 있다. 그것은 나무에서 추락하던 새 떼들의 육체들을 거칠게 쓸어 내고 있던 것이다.

어느 집착

방 안의 불 꺼져야 비로소 드러나는
밤의 얼굴과 나는 종종 마주한다
적막을 위한 나의 개인적인 취향이 아니듯
가로등이 없는 창밖의 안타까운 사정도 있다

스스로 등대를 자처하는 것만큼 어리석은 일은 없다
탁월한 보호색임이 분명하다
어둠이야말로
방안을 어둡게 만들려는 타성惰性,
형광등으로 환히 밝혀야 비로소
잠들 수 있는 나의 모순

김연종

시집 『극락강역』 『히스테리증 히포크라테스』 『청진기 가라사대』
산문집 『닥터 K를 위한 변주』 『돌팔이 의사의 생존법』

우울한 시절이다. 우울한 처방이 한꺼번에 쏟아진다. 우울한 봄날을 통과하려면 과열된 심장에 냉각수를 보충하고 메마른 전두엽에 감성을 수혈해야 한다. 알약의 개수가 자꾸 늘어간다. 햇빛 찬란한 봄의 난간을 조심해야 한다.

비핵화 선언

새끼손가락을 걸고 약속했다
완전하고
검증 가능하며
돌이킬 수 없는 만남을 갖자고

우리에게 내일이 있다는 건 얼마나 다행인가
서로를 닦달하며 맹세했다
완전하진 않더라도 검증 가능하며
돌이킬 수 없는 평화를 이어가자고

그래도 살아가리라 이왕이면 두 손 꼭 붙잡고
궁벽한 초야를 마치고 서약했다
불완전하고 검증 불가능하더라도
돌이킬 수 없는 전쟁만은 피하자고

전쟁 같은 30년이 흘렀다
침대와 부엌엔
미사일과 핵잠수함이 떠다니고
거실과 현관엔

철조망과 핵 쓰레기가 널려있다

DMZ의 긴장과 권태
긴박한 일탈과 지루한 일상

비핵화를 포기했다
불완전하고
검증 불가능하며
언제든 돌이킬 수 있을지라도
비무장지대 같은 혼인만은 유지하자고

사각지대

시집 한 권 보내고 싶었는데 주소를 물어보기는 겸연쩍고 주소를 알만한 단서는 보이지 않아
차일피일 미루다가 누구인지 가물거리고

혼사 소식을 들었는데 모바일 단체 청첩장이라 가기도 쑥스럽고 안가기도 체면이 아니라
계좌번호만 확인했는데 날짜가 지나가 버리고

신문 동정란 보고 병원장 등극한 동창 소식 접했는데 축하 전화도 축하난도 어색해서
우물쭈물하다 보니 어느새 퇴임 소식

부고를 접하고 망자 대신 장례식장을 확인하는데 주중에는 시간이 없고 주말에는 거리가 멀어
핑계 대신 반가운 계좌번호만 하릴없이 바라보고

보조미러를 달고
두 눈 부릅뜨고
귀 활짝 열고

말없이 좋아요'만 누르고 사라진 지인에게
메신저를 통해 안부나 전할까
전화로 직접 목소릴 확인할까 고민하다가
다시 들어가 보니
이미 페친 삭제

뼈를 묻다

나는 뼈대 있는 종족이라
오직 뼈의 길이로 생의 높낮이를 재고
뼈의 단단함으로 삶을 짓무르는 척추동물의 후예다

한 가닥 뼈도 없이
온통 삶이 꼬여버린
연체동물과는 근본부터 다르노니,

대대손손 뼈대 있는 가문이라 무릎 닳아지고 허리 굽을 때까지 쉬지 않고 뛰어가리라 이대로는 못 살겠다고 잔뼈가 아우성치고 갈비뼈가 소리쳐도 개뼉다귀 같은 소리 하지 말라며 찬란한 햇빛을 받아먹으리라 유령 같은 거리에서 허명의 빗장뼈를 움켜쥐고 황홀한 다리에 곧추서리라 오로지 뼈있는 농담을 주고받으며 고통의 강을 건너 광활한 바다에 뼈를 묻으리라

천변의 자전거를 타다가
대퇴부 골절상을 당한 용가리 통뼈가
아작아작 멸치 뼈를 씹고 있다

김완

2009년 『시와시학』 등단

시집 『지상의 말들』 『바닷속에는 별들이 산다』 등

2018년 송수권 시문학상 남도 시인상 수상, 현재 김완 혈심내과 원장

지키고자 하는 자, 빼앗으려고 하는 자

모두 세월 속에 누워있는 화순 백아산

낮은 산은 있어도 쉬운 산은 없다

인생은 하룻밤 머물고 떠나는 월출 여인숙 같아라

타인들의 집

독립영화관에서 상영 중인 조지아 영화
「House of Others」를 관람했다
남이 살았던 집에 살기 위해 이사 온 사람들
옛 주인들의 체취가 그대로 남아 있는 집
이웃은 선택할 수 없다는 말 이유가 없다
타인들의 집에 사는 이웃을 관음한다
당신이 찾고 있는 것을 그들도 찾고 있다
전쟁은 끝났지만 지울 수 없는 상흔을 남긴다
두 가족의 과거와 현재가 오버랩된다
타인의 정원에 뿌리내리려는 삶
세상은 공짜가 없는 법 아픈 대가가 따른다
고독과 우울 텅 빈 가슴속 비바람 소리
죽은 이웃 사람들의 영혼이 빈 마을을 떠돈다
되새 떼 날갯짓 소리가 화면 가득 차오른다
엔딩 자막 직전 엇갈리게 배열된 숫자처럼
인생은 그 이상도 그 이하도 아닐지도 모른다

라면을 끓이며

광복절 아침 라면을 끓이며 한 작가의 말을 떠올린다
한때 그의 짧고 간결한 문장에 반하여 심취했던
그는 왜 그 자리에 부르지 말았어야 할 이름*을 불러
냈을까
내다보는 아파트 옆 동에 태극기가 드리없이 걸려 있다

라면의 쫄깃한 맛과 약간 부드러운 맛을 좋아하는
아들과 내 입맛이 다르듯 그와 내 생각이 다르구나
다른 맛의 경계를 찾으려고 불에서 눈을 떼지 못한다
과거의 글로 잘못된 현재의 글을 눈감고 넘어갈 수 없다

그가 즐겨 쓰는 '각자도생', '영생 불망'의 시대에도
넘지 말아야 할 금도는 있는 법, 개떼처럼 물어뜯어
만신창이가 된 가정에 소금을 뿌리는 행위는 무엇인가
좋아하는 라면 오뚜기처럼 다른 그는 일어설 것이다

라면의 어느 골짜기에 매운 슬픔을 품고 있는지는
국물을 마셔보지 않고는 직접 알 수 없는 일이다
마음을 키우면 거슬리는 것도 티끌처럼 작아질 수 있

을까

역사의 천둥 번개는 느리지만 고요함 속에 숨어 있다

* 2023년 8월 4일 자 중앙일보 김훈 특별기고 '내 새끼 지상주의'의 파탄, 공교육과 그가 죽었다 기사 중에서

우수雨水

봄꽃들이 피고 가는 비 다녀가신다
뒤란 장독대에 숨겨둔 겨레의 소망
햇살에 풀어져 말간 웃음 터트린다

홀로되신 지 사십오 년 구십이 세
어머니 가슴에 응어리진 한恨
마른기침에도 반짝 물기가 돌았다

능라도 연설 백두산 천지 방문 후 멀어진
대동강 물은 봄이 제일 늦게 온다지만
서로 가슴을 열면 얼음이 녹고 풀리겠지

오천 년을 함께 살고 칠십여 년 헤어져 산
떠나오고 떠나가는 살과 뼈와 피의 산하
아! 부디 서로를 무심히 바라보지 말아다오

송명숙

2019년 『시와세계』 등단

시집 『투명한 진료실』

아이편한 소아청소년과 의원 소아과 전문의

영하에 묵혀둔 언어로

12번째 사화집을 준비하고

기지개로 웃자란 개나리와

핫핑크로 치장한 설레임이

하이힐로 높아진 시심으로

두근거리는 4월

진료 중입니다

그녀는 폭풍 중입니다 2호선은 직진 중이라 뒤를 돌아
보지 않아요 몸 밖에서 몸속을 걱정하는 자신을 진
단하지 못하는 초음파는 모니터에 말을 건네요

몇 주 전 잘라낸 유방이 안녕한지 보러온 30대는 2돌
여아에게 츄파춥스를 쥐여줍니다 털모자를 눌러쓴 민머
리를 넘기며 옥색 가운이 드러낸 민낯은 50대의 두려움
을 가리고 항암치료 중인 40대를 위로하고 주눅 든 조직
검사를 외면합니다

비켜가길 바라는 노파심으로 20대의 맑은 눈동자가
울먹입니다 성내천의 탁한 물줄기는 눈물이 아니어요

4월, 봄

튜울립이 왕관을 쓴다 벙긋거리는
치마를 입은 연둣빛 새싹이
핫핑크 입술로 단장한 영산홍이

하얀 꽃비가 내리는 4월의 아스팔트다
노란 새 발자국 연둣빛 머리칼이다

나의 속마음은 머리카락에 자라는

별들이다 4월은 슬픈
두통으로 뚝뚝 떨어지는
목련이다 가릉 거리는 나는

길냥이의 등을 훑는 나른함이지
나의 속마음은 망또를 두른 4월이다

오후 3시

어제 오후 3시에서 오늘 오후
3시를 기다린다
슈프리모*가 믹스한 춘곤증은
경민이의 독감으로
깜박깜박 커서가 기다리는 시어는
뇌세포를 탈출하지

살짝 햇살은 붉은 단풍을 데우고
황소처럼 아리**가 배를 깔고 사색하는
오후 3시는
'무엇을 하기에는 언제나 너무 늦거나
너무 이른 시간이다'***

햇살은 끝나지 않은 후반전의
한 판인 오후 3시다

* 슈프리모: 커피믹스
** 아리: 토이푸들 애완견
*** 사르트르 어록 인용

주영만

1991년 『문학사상』 등단

시집 『노랑나비, 베란다 창틀에 앉다』 『물토란이 자라는 동안』

철쭉에는 눈꽃이 슬픔처럼 피어있네

고요는 오전 내내 길 건너의 벤치에 겨울 햇볕처럼 고여 앉아있으면서 그 철쭉의 눈꽃을 넋 놓고 쳐다본 것밖에 한 일이 없네

고요는 이제 슬픔처럼, 흘러가는 슬픔처럼 그 고요의 바깥으로 흘러넘치네

안과 바깥 4
— 망각妄却

놓아버리지

강을 다 건너고 이제 타고 온 뗏목을 놓아버릴 때가 되었지

그대여,

지금까지의 세월도, 기쁨과 슬픔으로 넘어온 숱한 고개들과 기억記憶들도, 그리고 정성을 다해 직접 몸 밖으로 내놓은 그 사랑마저도, 집착執着처럼 조그만 텃밭을 솎아내면 솎아낼수록 끊임없이 다시 돋아나는 한여름 잡풀 같은 것이지

결국 붙잡지 않고 모두 스스로 떠나게 하지

목이 마르지

메마르고 메말라서 먼지처럼 가벼워지지

점점 더 목이 마르지

안에서 바깥으로 들어가는 길이지

안과 바깥 5
— 섬망譫妄

너는 바깥에서 눈빛이 반짝거리지

사연이 많지

오래전부터 전해 내려오던 것들이 오늘의 것처럼 되살아나기도 하지

눈 부신 햇살이 비집고 들어와도 아직 많이 부산하지

으쓱하면서 얼굴이 환해지기도 하지

새로운 전설이 되지

그리고, 흘러가는 바람이 되지

벌써 다 지나간 여름인 것 같았다가, 혹은 철이 없는 가을인 것 같았다가

아주 진지하게,

강 건너에 있는 것처럼 너는 두 손을 크게 휘저어가며
나에게 손짓하기도 하지

나는 유리창 안에 갇힌 벌처럼 웅웅거리기만 하지

안과 바깥 6

— 안은 바깥이고 바깥은 안이다

어두워지면서 창문으로 밀물처럼 어둠이 흘러들어온다 밀물처럼 어둠이 흘러들어온다 오, 캄캄한 어둠이다 드디어 안도 바깥도 없다 안은 바깥이고 바깥은 안이다

마주침처럼

하나의 순간처럼

죽음처럼

아득히 멀고 먼 하늘의 작고 희미한 별 하나가 캄캄한 어둠 속에서, 조그만 돌멩이처럼 첫울음처럼 바람처럼 문득 홀로 서 있는, 그를 가늘게 눈을 뜨고 내려다보고 있었다

서화

본명 서종호
2015년 『신문예』 시 등단
현 부천시민의원 진료원장

꿈인지 환상인지
손으로 밀면 파랗게 휘는 하늘처럼

지독한 망상에서 벗어나고 싶다

오감五感

빗소리가 호기를 부리며
뒤에서 나를 후려치지만
배후는 없어요
가슴 웅덩이에 꽃이 피고
비 오면 그저 쓸려갈 것들

어떤 모양의 꽃이 필까
빗줄기는 어느 곳에 뿌려질까
오감五感을 돌고 돌아
노래하면 욕망이 되는 것들

바위에 이슬 내려
악기의 빛나는 몸통이 될지라도
새벽바람의 입맞춤으로
순식간에 잊혀질 것들

밤길 헤매다 마주친 에오스*의 모습이
안개 속으로 스며들 듯
눈뜨면 흔적 없이 사라질 것들

* 에오스: 새벽 마차를 모는 새벽의 여신, 장밋빛 손가락을 가졌다 함

기도의 강

임마누엘!
큰 그리움의 강을 건너고
슬픈 강, 눈물의 강을 지나
애욕과 회한 그리고 용서의 강에서
작은 풀이 되었습니다

그 깊었던 굴곡屈曲의 바닥을 훑고
아, 물결에 얼룩진 색깔들과
소용돌이를 지나
젖은 두 발로 바람 위에
달빛처럼 떠 있습니다

저물어 가는 하늘에 깨어있는
별들의 간극은 깊고 깊습니다. 찬 입김은
반짝거리는 수금竪琴에 반사되는
소리가 됩니다

반나절은 비를 맞고 반나절은
기도의 강을 건널 때

목마름으로 흘러드는
*주의 율례들을 지키오리니
나를 아주 버리지 마옵소서

* 성경 시편 119:1-8 에서 인용

시초始初와 끝

당신 때문에
밤하늘을 돌고 오지요
어둠을 짊어진 채
당신 생각에 앉아서 잠들어도

*모든 시는 하나의 비명碑銘이라고
이슬로 얘기했던 비밀
풀잎 같은 사연만 딛고 서 있는
이 마음 뜨거웠지요, 당신 때문에

긴 한숨 같은 밤
흰 재 쌓인 호수를 돌고 오지요
끝이 있고 그 후에 시작이 있다는
내 앞에 뒤채는 당신의 말,
눈물 때문에

* T.S. 엘리엇의 장시 「리틀 기딩」 중에서

유담

2013년 『문학청춘』 등단

의학과 문학 접경 연구소 소장

시집 『가라앉지 못한 말들』 『두근거리는 지금』

산문집 『늙음 오디세이아』 『의학에서 문학의 샘을 찾다』

시선에도 '정기적'이란 말이 어울릴까.
뙤약볕에 지친 오늘의 각성은 졸음 속에 다시 붉게 저물고.
어김없는 겨울, 동백의 주춤거림을 헤아려, 또 정기적으로 차례를 매기고.

시선의 졸음

만나기만 할걸
공연히 내민 눈길이 동티로 돌아
눈 들고 간다
머뭇거린 만큼 더 어긋나 돌아오는
한낮
카페 모차르트가 졸리고
골목이 졸리고
거리도 졸려
눈 치켜뜰 곳 찾아간다

졸음에 빠져드는 눈초리를 가까스로 움켜쥐고 눈썹미움찔 우려내는 커피처럼, 두어 방울 기억으로 갈증을 축이며 비늘 푸른 시선들 펄떡이는 일산호수공원으로 간다

호숫가 낡은 등걸에 하얗게 앉은
뙤약볕에 지친 이름뿐인 각성들
물 위에 흘러가는 구름 속에 꽃잎 속에
더러 새소리 속에 드디어 울렁거리는
저 노을 속에

귀얄 담그듯 덤벙 헹구어 낸
붉게 저무는 졸음

정기검진

살아간다는 건
하나씩 둘씩 둘씩 셋씩
병의 개수가 꾸준히 늘어간다는 것이다

그 꾸준함을
적당한 길이에서
세어보는 일

엿치기하듯
툭 끊어
바람 든 구멍 셈하는 일

늙어간다는 건
버름버름하면서도 함께
병도 늙어간다는 것이다

그 늙음을
적당한 길이마다 끊어
나이 매기는 일

무 밑둥
서걱 베어
바람 들어 맥없는 구멍에
하나씩 둘씩 셋씩
나이 매기는 일

겨울 동백

겉옷처럼 흰 눈이 내린다

세상의 모든 체온 한 가지 색깔로 식어가고
눈길 닿는 가로수
가지 끝에 체온을 달아
슬며시 떠나보내며
소복은 서러울까 두려워
동백 얹어 주춤거리는
붉은 고갯길

한 송이 두 송이
오르며 쌓이고
쌓이며 내려

겨울은 동백 속에
색깔을 여미고

김경수

1993년 『현대시』 등단
시집 『이야기와 놀다』 『편지와 물고기』 『산속 찻집 카페에 안개가 산다』
『달리의 추억』 『목숨보다 소중한 사랑』 『다른 시각에서 보다』 등
문학 · 문예사조 이론서 『알기 쉬운 문예사조와 현대시』
계간 『시와 사상』 발행인, 부산 김경수내과의원장

무의식이 시어들을 쏟아낼 때 좋은 시들이 지어진다. 의식은 좋은 시를 만드는 데 있어 장애 요소인가? 새로운 형식의 시, 감동적인 시, 즐거운 상상을 유도하는 시를 짓기 위해 노력해 본다. 포스트모던하면서도 서정적인 시가 내 몸에 맞는 양복인가?

인사하는 책

오래된 책에서는 생각이 걸어 다닙니다.
독자에게 일부러 아는 체를 하며 인사를 하고
커피잔을 앞에 두고 토론하고 싶어하고
사람들 사이에서 대화가 필요한 이유를 알고 싶어 합니다.
새들은 자신들의 언어로 이별을 이야기하고
몸이 있어 생각이 존재하고 생각이 있어 몸이 존재하는데
책은 몸이기도 하고 생각이기도 하고
책은 꽃이기도 하고 이파리이기도 하고
책은 둥지를 찾아 날아가는 새의 발자국 모양이기도 하고
허공에 울려 퍼지는 북소리이기도 합니다.
책상에 앉아 잠시 창밖을 응시할 때
책 속의 사상이 물방울이 되어
강물인 당신에게로 흘러가기도 합니다.
그 짧은 시간이 긴 영원한 시간이 되고
그 속에서 진리를 만나고 빛나고 차가운 눈물을 만납니다.

오래된 책에서는 시간이 흘러간 흔적이 향기가 됩니다.
사람들의 생각은 죽음에 의해 깨끗이 지워지지만
책 속에서는 영원히 혼자 남은 깃발이 펄럭입니다.
책 속에는 사색하는 의자가 있습니다.
의자는 사색하는 만큼 낡아갑니다.
삐걱대는 의자는 이 세상을 떠나간 철학이 다시 오기를 기다립니다.
책 속에는 꽃 피는 소리를 듣는 귀가 있습니다.
그것이 책이 존재하는 이유입니다.
문장이 사상을 만들고 사상이 결말이 없는 책을 씁니다.
문장들이 두 줄을 서서 미로를 만들고
미로의 끝에는 사람의 말을 하는 새가 서 있습니다.

사랑은 떠나가는 기차

눈이 몹시 내리는 날
사랑의 귀가 얼어서
사랑은 눈송이가 떨어지는 소리를 듣지 못한다.
사랑은 늘 기다리는 일만 할 줄 알고
사랑이 떠나가는 소리를 듣지 못한다.
길고 긴 기다림의 끝에서 사랑은 눈을 맞으며 서 있고
기다림이 끝나면 사랑이 오는 줄로 착각에 빠진다.
돌아오지 않는 사랑은 가슴에 구멍을 내는 하얀 총구銃口이다.
눈 덮인 나무 옆에 쪼그려 앉아
오지 않는 사랑을 기다린다.
얼어버린 귓속에서 울음이 자란다.
바람이 불자 눈꽃이 우수수 떨어지고
울음소리를 내면 안 되지
사랑이 흩어져 사라져 버릴 테니까.
어깨를 들썩이자 모든 사랑이 떠나간다.
사랑이 사랑을 버리면
사랑이 소리죽여 울기만 한다.
사랑이 무엇이기에

사랑이 없으면 어때서
기다리는 사람들에게 봄은 오지 않는다.
사랑이 사랑에게 떠나가는 기차라고 부른다.
불꽃 같은 사랑이라도 속절없이 떠나간다.
누군가는 아무렇게나 버려진 나뭇가지처럼 남겨지고
누군가는 잠시 슬픈 표정을 짓고는
고개를 돌리고 돌아서며 망각을 향해 달려간다.
아름답고 화려했던 추억의 날들이 새 떼처럼 멀리 날아가고
세상은 쓸모없는 것으로 가득하구나.
맹렬한 순정純情은 정오의 햇살처럼 빛나고 있거늘.

나무 의자

아름다운 표정의 이름을 불러본다.
떨어져 내린 나뭇잎으로 빛나는 연주를 하는 바람에
흔들리는 나무 의자여.
혼자 음악을 들으면 멜랑꼴리해지는 이유를 나무의 이름으로 불러본다.
지나간 시절의 음률이 그리워지고 애인처럼 사랑스럽고
현재의 음률은 나를 배신한 자의 돌아서는 등과 같다.
젊고 예쁜 여배우의 미소를 보면서 슬픔의 극한極限을 느낀다.
그 시절의 아름다움은 다시 돌아오지 않으므로
생각 없는 나무들은 그 시절의 아름다움에 반한다.
영원히 행복할 것이다. 생각이 없는 생명체는
어떠한 사상도 담지 않은 문장은 더 행복할 것이다.
바람 현을 이용해 나뭇잎을 모아 연주하는 나무 의자여
나무 의자가 지배하는 이 시대에는 위대한 사람은 없고
착한 사람도 없다는 명제는 슬픈 눈동자에 지나지 않는다.
순수했던 사람들이 변했기 때문이라는 문장이 더 슬픈

표정을 짓는다.

어깨동무하고 걷던 친구들도 이념의 노예가 되는 이 서글픈 시대여.

슬픈 곡조만 연주하는 나무 의자의 심정이여.

하늘로 날아올라 가는 나무의 뿌리를 잡고

흰 가운을 입은 성자聖者가 승천한다.

입속에서만 맴도는 상식적이고 합리적인 이름이여.

아무런 내용이 없는 나무 의자의 사상이 오히려 절대적으로 아름답다.

안개를 비눗방울처럼 만들어내고 안개 속에 몸을 숨기는

무뇌無腦의 세상이여.

맹목적으로 너의 진정한 이름이 무엇인지 물어본다.

박언휘

경북 울릉도출생, 호는 포 (佈春)
국제 PEN 문학 홍보이사, 한국시인협회기획인사
『시인시대』 시계간지 발행인
이상화기념사업회이사장, 대구여성문인협회 회장
저서 『박언휘 원장의 건강이야기』 『선한리더십』 『안티에이징의비밀』
『청춘과 치매』 『시집,울릉도』 등
박언휘종합내과원장, 한국노화방지연구소이사장
박언휘 슈바이쳐나눔재단이사장

내가 태어나고 자란
울릉도는 갇힘의 세계였다
동시에
열림의 세계였다.

울릉도는
나에게 꿈이고 사랑이고 아픔이었다
파도에 힘없이 떠내려가던
죽음을 보았다
폭풍 속에서 삶을 놓치 않으려고 허우적거리던 생명을 보았다.
나는
그 생명을 살리기 위해
최선을 다하는 의사가 되고 싶었다

사랑의 마그마

하늘이 파랗게 멍들고 있다
붉은 악마의 몸짓으로 열정의 마그마가
그의 가슴을 온통 검게 태워 버린다
불탄 흔적과 매운 검은 연기로 그을은 가슴은
유황 가스보다 더 독한 사랑의 연가를 부르고 있다
유물론자들은 독한 이 미명의 가스에 중독된 채,
그들의 연인들이
부끄럼 없이 그들의 사상을 흔쾌히 흡입한다
연인들의 혁명적인 반동은, 무저항의 사상에 중독된다
그리하여 마침내 비합리적인 이념마저, 합리화가 되고
중독된 뇌리를 뒤흔들고는, 검게 타버린 가슴을 헤집고 들어선다
두드림으로 변한 격한 상처는, 마침내 가슴속 시퍼런 멍으로,
파스텔 같은 물감들로 시선이 닿는 모든 곳에 흩어져 내려진다
뜨거운 사랑의 마그마는
번득이는 뇌리마저 알코올 중독자처럼 마비시키고,
세상의 모든 아름다운 것은 슬픔으로 녹여지고,

위대한 괴물 같은 마그마에 저항할 힘마저 잃어버린다
미칠 듯 불타오르는 마그마는 세상을 어지럽히고, 질서마저 무너뜨린다
자존심도 무너뜨리고, 그렇게 저항하던 복종의 프레임마저 스스로 무너뜨리고,
사랑의 쾌락은 벌거벗긴 육체처럼 수치심 없는 눈물로 마무리되고,
혁명이 완성되는 순간,
열정의 마그마는 굳어버리고
붉은 악마의 몸짓도 바위 안에 갇혔다

울릉도의 꿈

그해 겨울
소녀는 봄을 꿈꾸었다
중학생 교복을 입은 단발머리 소녀가
도시의 거리를 거닐며
친구와 개나리꽃처럼 종알거리는 모습을 그렸다

그해 봄
파도는 섬을 향해 몰아쳤고
배는 떠나지 못했다

석 달이나
섬은 바다 안에 갇혔다

소녀는
대구로 진학하는 꿈을 가슴에 묻어야 했다
울릉도
그 안에 갇혔다

그러나

아무리 높은 파도라도
소녀의 꿈은
갇히지 않았다.

달밤

내 고향 울릉도를 닮은 반달
안으로만 차오르던 그리움이 있어
너를 바라본다

달빛에서 들려오는 파도소리
환하고 밝은 소리가
내 가슴을 적셔 오네

이 그리움,
차마 혼자 간직할 수 없어
그대 잠든 한밤에
달빛 파도 되어 그대 가슴으로
밤새 홀로 철썩이다가

그대 눈뜨는 아침이면
다시
나 홀로 저물어 가리라.

서홍관

전북 완주 출생. 서울대학교 의과대학 졸업
창비 신작시집을 통해 시인으로 등단. 현재 국립암센터 원장
시집 『어여쁜 꽃씨 하나』 외 4권

이 봄날, 의료계가 붕괴되는 비명 소리가 들리는데, 뒷산 정발산에는 어김없이 직박구리와 멧비둘기와 되지빠귀들의 재잘대는 소리가 요란하다. 제비꽃과 조팝나무꽃과 냉이와 꽃다지가 사방천지에 가득하다. 나는 매일 산과 들을 걷는다. 그리고 중얼거린다. 고맙다. 너희들이라도 이 지구를 지켜줘야지. 두보 시성은 '나라는 망가져도 산천은 여전하다國破山河在'라고 쓰셨다는데, 나는 오늘 봄비에 몸도 마음도 맑아진다.

근무는 어때요?

서른두 살 신입직원이
원장에게 진료를 받으러 왔다.

직원과 소통을 할 겸 친절하게 말을 걸었다.
"근무는 어때요?"

묵묵부답이다.

원장이 무서워 답을 못하는 것 같아서 재촉했다.
"하는 일은 재미있어요?"

(느릿느릿)
"저 시체 안치실에서 일해요."

소록도 화장터에서

그 시절,
문둥병이

그들에게는
운명이었다.

화장터에서
검은 연기가 오를 때마다

연고자 없는
무덤의 적막을
생각했다.

기와불사

절 마당에 기와불사에 쓸 기와들이
가을볕을 쬐고 있다.

기와마다
소원성취
사업번창
수능만점
무병장수
그리고 행여 부처님 원력이 다른 집으로 갈까 봐
주소까지 상세하다.

그러다 한 기와에 눈길이 머물렀다.

당신이 부처님입니다